U0918850

陈朗 著

图书在版编目（CIP）数据

余留芬芳 / 陈朗著. -- 贵阳 : 贵州大学出版社, 2020.10

(相约2020 · 诗写脱贫攻坚)

ISBN 978-7-5691-0384-7

Ⅰ. ①余… Ⅱ. ①陈… Ⅲ. ①叙事诗—中国—当代 Ⅳ. ①I227.3

中国版本图书馆CIP数据核字(2020)第202090号

余留芬芳

总 策 划：李　裴
著　　者：陈　朗

出 版 人：闵　军
策划编辑：吴　瑕
责任编辑：段丽丽
校　　对：杨臻圆
封面题字：戴仲光
装帧设计：陈　电　陈　丽

出版发行：贵州大学出版社有限责任公司
地址：贵阳市花溪区贵州大学北校区出版大楼
邮编：550025　电话：0851-88291180
印　　刷：贵阳精彩数字印刷有限公司
开　　本：889 毫米×1194 毫米　1/32
印　　张：6.25
字　　数：113千字
版　　次：2020年10月第1版
印　　次：2020年10月第1次印刷
书　　号：ISBN 978-7-5691-0384-7
定　　价：60.00元

总 序

以诗点亮脱贫攻坚群英谱

◎李　斐

“崇尚英雄才会产生英雄，争做英雄才能英雄辈出。”习近平总书记在国家勋章和国家荣誉称号颁授仪式上发表重要讲话指出，要关心、关怀、关爱英雄模范，推动全社会敬仰英雄、学习英雄，用实际行动为实现“两个一百年”奋斗目标、实现中华民族伟大复兴的中国梦贡献力量。

党的十八大以来，贵州 4000 万干部群众用最朴实的情感和团结拼搏、苦干实干的精神，与贫困决斗，每年减少 100 多万贫困人口。2018 年起，贵州省诗人协会启动了“相约 2020 · 诗写脱贫攻坚”活动，先后吸引全国诗歌名家 120 人次与贵州诗人 300 余人次参与活动，深入走访采风，发现诗意与感动，将贵州脱贫攻坚英雄模范和先进典型的工作与艰辛、精彩与苦乐以诗歌的方式展现给大众。

诗写英雄正当其时

习近平总书记在看望参加全国政协十三届二次会议的文化艺术界、社会科学界委员时强调：“希望大家承担记录新时代、书写新时代、讴歌新时代的使命，勇于回答时代课题，从当代中国的伟大创造中发现创作的主题、捕捉创新的灵感，深刻反映我们这个时代的历史巨变，描绘我们这个时代的精神图谱，为时代画像、为时代立传、为时代明德。”

贵州广大文化文艺工作者按照习近平总书记的要求，明方向、正导向，转作风、树新风，颂英雄、出精品，在正本清源上展现新担当，在守正创新上实现新作为。

消除贫困自古以来就是人类孜孜以求的梦想。贵州是全国脱贫攻坚的主战场，已成功将贫困人口从1978年的1840万人减少到2018年的155万人。仅2013年至2018年的5年时间，就累计减少贫困人口768万人，33个贫困县脱贫摘帽，贫困发生率从26.8%下降到4.3%，减贫人数和减贫幅度位居全国各省（区、市）前列，脱贫攻坚取得决定性进展。目前建档立卡贫困人口共 782 万人，未脱贫人口 30.8 万人，2020 年必将全部“清零”。

在这个没有硝烟的战场上，多少人以生命赴使命，用热血铸忠魂，书写了中国减贫奇迹的贵州篇章。新时代的贵州脱贫攻坚丰碑，由一个个用生命向贫困宣战的平凡英雄铸就。近年来，贵州先后涌现出了一生只为一条渠的老支书黄大发，用生命践行担当的黔西南州晴隆县原县委书记姜仕坤，凿山开出幸福路的“当代女愚公”——黔南州罗甸县沫阳镇麻怀村村委会主任邓迎香，六年扎根“贵州屋脊”的六盘水市钟山区民宗局副局长、大湾镇海嘎村党支部第一书记杨波，五十六载青春献给蔬菜事业的李桂莲等一大批脱贫攻坚英雄模范和先进典型，他们的事迹可歌可泣，值得用黄钟大吕的长诗来大书大写。

作为新时代的诗人，为时代立传，为平凡英雄讴歌，以诗歌之名致敬脱贫攻坚英雄模范和先进典型，是我们义不容辞的社会责任、历史担当和创作追求。

用心体会火热实践

英雄是中华民族发展史上最闪亮的坐标，我们需要英雄，也需要更多地歌颂英雄。烽火岁月，战斗英雄是最耀眼的存在；小康进程，脱贫攻坚英雄模范和先进典型是值得我们讴歌的平凡英雄。

诗意挖掘贵州脱贫攻坚英雄模范和先进典型的奋斗精神，这是新时代诗人的初心和使命的应有之义。脱贫攻坚先进典型体现责任担当。幸福都是奋斗出来的，奋斗是脱贫路上最美的姿态。在脱贫攻坚一线干部群众身上，生动诠释着“艰难困苦，玉汝于成”的奋斗姿态。脱贫攻坚先进典型体现时代风采。团结奋斗、拼搏创新、苦干实干、后发赶超的新时代贵州精神，是贵州干部群众不畏艰险、赶超跨越的真实写照。在脱贫一线干部群众身上，生动演绎着“敢教日月换新天”的精神风貌。脱贫攻坚先进典型体现奉献精神。脱贫攻坚是重大政治任务，贫困是必须啃掉的硬骨头。贵州坚持以脱贫攻坚统揽经济社会发展全局，坚持把脱贫攻坚作为头等大事和第一民生工程。奋战在脱贫战场上的干部群众，生动演绎和践行着奉献精神，不获全胜，绝不收兵。

以诗为器，书写脱贫攻坚新史诗，我们当仁不让。在“相约 2020 • 诗写脱贫攻坚”活动中，全国诗人深入贵州脱贫一线采风，勤奋笔耕。诗人们用心体会火热的脱贫攻坚实践，在贵州脱贫攻坚群英谱中获取创作的灵感，留下不朽的诗篇，不断提升自己的思想境界、精神动力、艺术表达力。大家志愿跑遍贫困山村、走遍贫困群众、访遍脱贫干部，把典型的脱贫英雄书写好、表现好、歌颂好。每一次采风，都举行了不同形式的关于创作、作品的研讨会，大家直抒胸臆，彰显诗人淬火新时代、弘扬主旋律、大唱“正气歌”的担当精神。

“长诗书写脱贫攻坚大英雄”项目，自 2019 年 9 月 23 日启动以来，20 名出生于不同年代（20 世纪 40、50、60、70、80、90 年代）的贵州一线诗人在李发模、惠子、宋健、赵雪峰、小语等主动挑重担的情况下，与《诗歌月刊》主编李云等全国名家一起直击贵州脱贫攻坚战场上的 20 个英雄和英雄团队，奏响了“用心体会火热实践”的乐章。

书写时代壮丽诗篇

新时代诗歌要有新作为，新时代诗人要为伟大时代写出壮丽诗篇。

我们要通过“诗写脱贫攻坚”提振文化自信。用极富史诗性的语言，勾勒英雄模范和先进典型故事，歌颂他们的精神，同时借助融媒体平台更广泛地传播他们的声音，更加便捷、更加有效地直达人心。通过长诗书写脱贫攻坚英雄模范和先进典型，让我们的文化自信更加坚定，让越来越多的人共同参与、共同行动；让我们的文化自信更加深入，让英雄模范和先进典型的事迹触及思想、触及灵魂；让我们的文化自信更加深远，让英雄模范和先进典型的精神激励当代、勉励后人。

历时一年酝酿准备、一年艰辛创作的20部长诗令人瞩目。这个庚子年的春天，全世界都遭遇新冠病毒侵袭，贵州“抗疫战贫”中彰显的担当精神在这支诗人队伍中表现得淋漓尽致。70高龄的李发模创作出了《命的边缘》，被《人民文学》第3期以12个页码的篇幅摘刊，打响了“长诗书写大英雄”影响力的第一枪；“90后”诗人张婷创作的《喊一声小马哥》刚完成初稿，就得到了中共贵阳市花溪区委宣传部的力挺。《血性乌江》《以树的名义》《决战》《真心英雄》《梦润中国》《牵手》《纵横高原》《守望茅台》《征战乌蒙》等每一部长诗都是3500行以上，都有满满的故事。

让我们以诗的名义，用诗心、诗情、诗意，诗句、诗行、诗作点亮脱贫攻坚群英谱，谱写新的史诗故事，为民族复兴汇聚起磅礴力量。

（本文原载于2019年10月21日《光明日报》，略有修订。）

李裴，笔名裴戈，著名文化学者、诗人，中国作家协会会员，博士生导师。出版个人专著《小说结构与审美》《痕迹的颜色》《酒文化片羽》和《调查研究十七谈》等，多次获贵州省哲学社会科学优秀成果奖和贵州省政府文艺奖。主编《农村金融知识读本》《建设绿茶大省　推进富民兴黔——贵州加快茶产业发展决策与实践》《〈国务院关于进一步促进贵州经济社会又好又快发展的若干意见〉初步解读》等读本150多种。主持、参与完成重大课题200余项，总策划“舍不得乡愁离开胸膛”系列长诗20部、“相约2020·诗写脱贫攻坚”系列活动20场、“长诗书写脱贫攻坚大英雄”20部。已合著出版长诗“贵州名片三部曲（红绿蓝）”之《干净黔茶》(绿)。

叙实写作的诗意再现

——简评陈朗的长诗《余留芬芳》

◎ 夏国强

2019 年，贵州省扶贫办与贵州省诗人协会共同策划组织“相约 2020·诗写脱贫攻坚”之“长诗书写大英雄”活动。组委会号召有情怀的诗人以最接地气、最鼓舞斗志、最倾听民情为自觉，淬火新时代主旋律，大唱“正气歌”的担当精神，以最原生态、最深得民心、最完美呈现为创作方向，书写被国家、省委省政府和相关行业表彰的、具有特色的、群众认可度高的脱贫攻坚英雄群体和典型人物，创作出“为时代画像、为时代立传、为时代明德”的优秀作品。

一年来，参加此次活动的诗人一直都身处创作亢奋之中，都在用诗意的笔触饱含激情地写作着。目前，已陆续涌现出一批触动心灵、振奋精神且颇有质量的作品，其中，陈朗创作的以时代英雄余留芬为原型的长诗《余留芬芳》是我最先看到的。

余留芬是全国优秀共产党员、党的十七、十八、十九大代表、全国三八红旗手、全国十佳农民、全国脱贫攻坚奋进奖获得者、改革先锋、全国五一劳动奖章获得者、贵州省道德模范和贵州省盘州市淤泥乡岩博联村党委书记。她以一个共产党员的承诺带领乡亲摆脱贫困的典型事迹感人肺腑、可歌可泣，值得大书特书，这也是陈朗为之感动并将她作为创作对象的初衷。

从《余留芬芳》中可以看出，围绕着余留芬，在将她的人生经历和典型事迹相结合展开叙实写作的诗意再现上，陈朗是下了许多功夫来构思组织架构和言语表述的。我们说，当代诗歌需要的是直面大地、直面人生、直面现实生活和直面生存的现实抒写，应当具有“正得失、动天地、泣鬼神”，纯洁灵魂、纯然理想的非凡作用。但怎样把自身既被现实生活的景象所吸引，又被心灵的想象所呼唤的智性能力准确地表现出来，从而将思想的底层提升至叙述的表层，这是诗人们共同的写作难点，写作长诗尤其如此。在《余留芬芳》的写作过程中，陈朗理性地认识到写作的难点所在，最终凭借扎实的诗歌功底，精雕细琢，打造出一部可读性强的诗作。细读这部长诗，诗中呈现出的组织构架、人性抒写、叙实写作及诗意再现等特点给予我阅读的快意，品味之余令我思忖良久。

对一个诗人来说，掌控和驾驭长诗那种严谨的架构、宏大的叙述，以及使其彰显出广阔的精神力量，是对诗人的文化储备、思想修养、诗性、智性、判断力、选择力和耐力的检阅和考察，也是对诗人文学底蕴的深厚、知识结构的丰富、诗歌技能的娴熟、精神气象的宽广等综合能力的考验。《余留芬芳》的组织架构是在余留芬的人生轨迹上层层递进的，通过叙实写作诗意地再现她的性格魅力、人格力量及典型事迹，旨在表明她带领村民脱贫的艰难历程，揭示出探求者只有在这条坎坷多艰的道路上艰苦奋斗才能给人以信念、给人以鼓舞、给人以希望的道理。写诗的过程其实就是对诗人的再教育，使之心灵更醇化的过程。在这个过程中，陈朗经过深入采访和精心布局，构思的架构体现出合理、清晰、完整和有层次，决定了写作思路的基本方向，展露出他写作长诗的成熟之势。当然，他的组织架构若能更凝练融合，那么人物形象的塑造将会更为立体、更有层次、更富感染力，整体效果也会更好。

架构确定后，先从何处动笔就显得尤为重要。刘勰在《明诗》中写道：“人禀七情，应物斯感，感物吟志，莫非自然。”我们强调的诗文与自然的本源关系，乃是在“感物吟志”的立场上说的，也就是把人的性情作为第一自然状态而言的。诗人写作，人物的情感和命运以及事件的产生和发展，总是以人性为起点来展开言说的。即使其中夹杂着诗意的飞扬想象力，也不会脱离真实的现实生活而导致作品成为空中楼阁。陈朗对此深有感悟，人性抒写遂成为他的写作起点。

《余留芬芳》通过对余留芬的形象、心理和语言的生动描写，把一个性格倔强的实干型人物活生生地展现在读者面前。

年轻的余留芬犹豫、彷徨、深思
沉重的压力大山一样压在她柔弱的肩膀上

她想到了乡领导语重心长的嘱托
她想起了乡亲们殷殷期待的目光
她咬着牙坚定地说：
“要么不干，要么就干好
一定要带领群众换个活法
打破这几十年来无法摆脱的贫困！”

（第一章《命运的抉择》）

读到这里，我们会联想到岩博村沉重的呼吸声，牵动着余留芬那颗善良而坚韧的心，她不相信宿命，“如何摆脱贫穷，让幸福降临，让美好永驻”是她悲悯和关怀的终极目标，从此她就暗下决心一定要为贫穷的百姓做点什么。我们仿佛看到她站在村头默默思索，心中就像有一只萌动的希望之鸟在胸中展翅，她不停地徘徊，犹如一个执着的捕风者，一个执着地捕捉脱贫春风的守望者。

《余留芬芳》展现出的余留芬的个性力量，让读者为之震撼。我们应当认识到，余留芬只有与时代发展的某种内在趋势达成契合时，即在她带领岩博村乡亲们摆脱贫困、脱贫致富的历史时期，她的个性力量的体现才震撼人心。我认为这首长诗正是把人性抒写与相应的社会现实意义相结合后，才呈现出诗歌的时代活力和艺术力。

诗歌的时代活力和艺术力是诗人具备有效地处理复杂的深层经验和把握具体生存真实性的能力赋予的。别林斯基认为，文学就是对现实生活的再现，诗歌可以用忠实于生活的现实性的一切细节、颜色和浓度色度，在全部赤裸和真实中再现生活的方法来概括和再现生活现象。车尔尼雪夫斯基更是明确地提出：文学艺术必须是与现实条件相连的，脱离开现实生活则失去其生命力。文学应当服务于现实生活，它是生活的服务者，是思想的传播者，这是它毋庸置疑的本质属性。文学与生活的关系不仅仅是一种再现，它应当是某种特定声音的表达者，应当体现出时代的要求，为推动前进的思想而服务，只有能够满足时代的迫切要求的文学倾向，才能得到灿烂的发展。

《余留芬芳》可以说就是扎根于现实生活并依存于生存真实性的作品。作者通过对叙事主体采取还原法的写作方式，力求客观、原生态地再现其真实生活，这可谓叙实写作。叙实并非简单的叙事，虽然二者都是“人物—事件—命运”的三段式写法，但叙实更注重客观化、真实性和常态化。叙实重点在于“实”，叙述的姿态是面向大地的，它不是凌空高蹈的虚妄，不是高大上的展现，只是对平常生活质朴的言说。作者用丰厚的诗歌写作经验和把握真实性的能力，用朴实无华的语言着力再现余留芬奋斗的人生历程，再现岩博村脱贫的现实生活，从而把诗歌和现实紧密地联系起来，体现出新时代的要求，表达出打赢脱贫攻坚战的时代呼声，这种在叙事基础上展开的叙实写作，新颖别致，特点突出，令人耳目一新。

一个诗人最后留给自己的并非头顶上的光环，而是在于对人性和生命进行更多、更深刻的思考以后，写出真正经得起时间和读者检验的具备内在潜质的诗歌。读罢《余留芬芳》，我感受到了作者可贵的写作潜质，这不仅体现在他的心智上，也洋溢在诗歌的语言上。

诗歌不是对现实进行浅显的记录，诗人要做的是洞穿现实，捕获游荡在现实之中的那个灵魂，用诗歌的语言诗意地反映出其本质的精神所在。《余留芬芳》从引言到尾声，全篇都呈现出诗意的言说特性，作者发掘出的诗意使叙实写作以诗意言说再现出来。且看：

巍巍藏龙山，滔滔淤泥河
一座大山蕴藏着一位女性最深的情怀
日月星辰
见证她呕心沥血的身影
崇山峻岭
留下她跋山涉水的足迹”

（《序诗》）

一支火把擎在手中
照亮了千万年彝族人回家的路
迁徙的旅途因为火光不再黑暗漫长
前方是那永恒的光明之路、朝圣之路
灵魂安详在火焰里
生命之火绵延千万年

（第四章《让“人民小酒”到人民中去》）

一颗星辰在黑暗中燃烧起来
吞吐光明的火焰，天神的火种
从斗柄遥遥指向的那颗星辰里
呼啸着奔腾而来，在群山中
拥抱热爱火焰的子民
那一把熊熊燃烧的烈火
铸造了一个火光中涅槃的民族

（第十二章《大山情怀，余留芬芳》）

这些诗句意象独具，意境悠长，喻义明晰，以诗歌的言说特性，诗意地烘托出长诗章节的宏大气氛，彰显了长诗内涵的诗歌本质，可以说作者捕获住了诗歌本质的精神所在。当读到：

生态，让酒呼吸着自然的天精地气
粮食，让酒在丰收的稻谷上晶莹
优质，让酒在千年的时空里生生不息
良心，让酒诚信豪迈驰骋天地间
创新，让酒在烈焰中焚烧重生
情怀，让酒如甘露润泽人间大地

（第十章《岩博酒业，为幸福生活举杯》）

读者分明能臆想到酿造酒香的黄昏，炊烟陶醉了，乡村陶醉了，村民陶醉了，连风儿也陶醉了的场景，这里酿酒的叙实和诗意的意境虚实并存，促成了叙实写作与诗意再现的有机结合。

萨特说过，任何文学作品都是一种召唤，它的价值就在于召唤的力量。一首好诗的价值正是体现出一种弘扬正义的道德召唤力量而使读者感动并接受。法国诗人洛特雷阿蒙也曾道："诗歌应该把人们引到某个地方。"按我的理解，诗歌引领我们到的地方一定是一个心灵激荡、灵魂受洗的地方，在那里，我们因意识的更新、三观的重建而为诗歌的内在价值和召唤力量由衷地赞叹。《余留芬芳》可以说就是一个召唤，它引领我们来到一个心灵更加澄明的地方。欣喜之余，我以自己浅显的见解作为对这首长诗的一种简略解读的尝试，意在引导读者关注它。

当前，诗歌的总体方向应是"向前看"，即着重强调诗人应侧重表现当今时代精神的主题，从革命事业的远景，从社会进步的展现以及从诗人的职责和担当来考量，这都是一种必然的总体趋势。诗歌从未消亡，缘于诗人的良心和责任还未泯灭，一旦时代召唤，他们会义不容辞地递上自己的肩膀，在守望中前行，让诗歌再次成为引领时代呼啸前进的大纛。

在我看来，《余留芬芳》就是一部“向前看”的长诗，承载了一个诗人的责任与担当。它用叙实写作的诗意再现的诗歌形式，既让我们看到余留芬在脱贫致富路上持续守望的精神和坚定前行的步伐，也让我们看到陈朗对诗歌写作坚持不懈的守望和在写作技艺上不断前行的思想。

我的母亲
一位农村妇女
一名基层党员
一滴饱含苦难的晶莹泪水
一朵开满原野的红杜鹃

这是《余留芬芳》第十一章《生命是一场最美的邂逅》中的最后一节，不难看出，它余音未了诗意地借余留芬的子女之口倾诉着作者对时代英雄余留芬诚挚的敬意。

夏国强，1966年生于陕西，祖籍云南，贵州省作家协会会员，发表散文、诗歌、文学评论等文学作品数十篇。曾获贵州省“新长征”文艺创作奖、中外诗歌散文邀请赛奖等。

目录

主人翁：余留芬

简介：余留芬，女，汉族，1969年8月生。2000年1月加入中国共产党，2001年任贵州省六盘水市盘州市淤泥乡岩博村党支部书记，2013年任贵州省六盘水市盘州市淤泥乡岩博联村党委书记，2014年任贵州岩博酒业董事长，任党的十七、十八、十九大代表，全国政协委员，荣获"全国三八红旗手标兵"和"中国十佳农民"称号，2017年荣获全国脱贫攻坚奋进奖等50余项国家级奖项及荣誉，荣获200余项省、市级奖项及荣誉，2018年荣获改革开放40周年大会"改革先锋"称号，颁授改革先锋奖，2019年荣获全国五一劳动奖章和"全国最美奋斗者""全国民族团结进步模范个人"称号。

序　诗

1

巍巍藏龙山，滔滔淤泥河
一座大山蕴藏着一位女性最深的情怀
日月星辰
见证她呕心沥血的身影
崇山峻岭
留下她跋山涉水的足迹
为了人民的幸福
她筑路办实业含辛茹苦
带领彝乡人民走在共同富裕的康庄大道上

2

她始终想百姓之所想
急百姓之所急
真心实意为百姓解难事、做好事

是人民群众真正的贴心人
她带着梦想出发
夙夜在公，严于律己
牢记共产党员使命
用实干实绩回报习近平总书记的关心
带领全村人民坚定不移听党话跟党走
在全面建成小康社会的道路上勇往直前
谱写出嘹亮的奋进之歌

3

90 年共产党砥砺前行
70 年祖国风雨兼程
她心无旁骛，逐梦前行
实践乡村振兴，创建美丽新岩博
坚定不移听党话跟党走
坚守初心，勇担使命
在脱贫攻坚的路上
留下共产党员战天斗地的身影

4

她让中国共产党的旗帜更加高扬
她让一名共产党员的形象更加崇高
让百姓生活幸福美满
打造山美水美环境美
人美画美心灵美的新农村
奏响人民美好幸福生活的乐章

第一章

命运的抉择

寒冬里，一个共产党员
庄重的承诺
掷地有声
在大山深处久久回荡
——题记

1

那山一样的彝族男子哟
那水一样的彝族女子
比醇酒还浓烈的婚誓哟
比火焰还奔放的情话
在火把逶迤前行的群山村寨
彝人的歌唱起来哟
让竹林摇曳，天籁失声
彝人的舞跳起来哟
让天地撼动，群山巍巍

2

1969 年，农历己酉年
这年的 8 月
山里的杜鹃花开得特别灿烂
仿佛红彤彤的晚霞铺满山岗
在贵州省西部盘县偏僻的淤泥乡
一名女婴呱呱落地
20 年后
她的名字将和岩博村紧密联系在一起
仿佛土地和庄稼
天然的亲近和相互依存
才能结出丰硕的成果

3

1989 年的冬天，特别冷
一场漫山飞舞的雪花
是大山送给年轻的余留芬的新娘妆
树枝上一串串流光剔透的冰柱
是贫穷的岩博村欢迎余留芬的彩带
冰雪覆盖的羊肠小道上

送亲的亲友们逶迤而上
喜庆的喇叭把沉寂的藏龙山唤醒
红红的鞭炮点燃了深山里蕴藏的力量
燃烧的彝家土酒让村寨沸腾
千年的彝寨因为一位汉族姑娘的到来
面临着一场痛苦和幸福的嬗变

4

深沉的土地诞生坚韧和挺拔
苦难的土地孕育拼搏和顽强
在 20 世纪 80 年代偏远的岩博村
全村 506 人，文盲半文盲占 99%
贫瘠的土地上种植着枯瘦的庄稼
一年就眼巴巴指望着
地里可怜的那点“望天收”
小麦、玉米、土豆
就是群众的全部口粮
一年种的粮食不够半年吃
进出村没有路，生活艰难
当时的岩博村穷到什么程度
“客人来了，家里连杯可以喝的白开水都没有”

5

村里水、电、路不通
吃水靠挑，照明靠点煤油灯
出行只有几条羊肠小路
杂草丛生，荆棘遍地
群众住的是茅草房
遍地是畜禽粪便，处处污水横流
吃粮靠救济，穿衣靠救助，用钱靠贷款
村集体无任何积累
三年一轮的祭山风俗
村两委连200元买羊祭山的钱都凑不齐
“家家都住老土房，出门就是猪粪塘
一年种粮半年饱，有女不嫁岩博郎”
这就是当年岩博村的真实写照

6

千年的贫穷就像天边的乌云
笼罩在岩博村的上空久久不散

7

村里唯一的高中生敖成文
带领几个青年人自发组建“山鹰突击队”
义务在村里修马车路
为群众垒土墙房
建公用房，育生态林
由于没有坚强的组织领导
没有资金、没有人力
无法改变
村无积累、户无余钱、人无余粮的境况
“山鹰突击队”自然解散
贫穷让山鹰的翅膀折断在藏龙山上
黑暗中的石头，坚硬而粗糙
沉甸甸地压在群众的心头

8

“村里的小道，两个人对向通行都要侧着身子
一年四季都要穿雨鞋，路上全是稀泥
许多地方还要用石头垫着脚才能走过去”
这是刚满 20 岁的余留芬

嫁到淤泥乡岩博村时留下的第一印象

9

三间用石灰和泥巴砌成的土坯房是她的新家
余留芬的丈夫在外地上班
一个月难得回家一次
余留芬每天除了做家务就是种地
而岩博村土地里的石头多
不好种，也不好挖
嫁人之前，余留芬一直读书
几乎没种过庄稼
地里的劳作成了她最怕的事
日子过得艰辛漫长

10

成为两个孩子母亲的余留芬
又多了一项照料孩子的任务
不忍心把两个孩子放在家里
她一前一后把两个孩子背到山上
下山的路很崎岖

肩上的背篓压得她直不起腰来

11

有一年收洋芋时
两个孩子不能同时背下山来
无奈的她只能挖一个土坑把小儿子放到坑里
跑着回家放下背篓和大儿子
再跑回去背小儿子回家
就这样一来一回
一公里多的路程变成了五六公里

12

生活的磨难让余留芬发誓要换一种活法
“做村支书前我干过项目
开过餐馆、超市和照相馆
20 世纪 90 年代时
我们这边很穷，照相机都没人见过
当时我就买了一台照相机
每天满村子给人拍照
咔嚓就是一张，一张照片可以赚 5 毛钱

一个月下来可以赚几千块钱
这在当时是不可想象的
虽然钱赚得比较快
但是也很辛苦”

13

由于余留芬敢想敢做
人勤快、头脑又灵光
她的生意一天比一天好
日子也慢慢变得宽裕起来
成了岩博村首先富起来的人家
她被推选为村妇女主任

14

2001 年 1 月的冬天
寒风彻骨，白雪皑皑
简陋的村支委室内柴火噼啪作响
映照着几名党员疲惫的脸
乡党委反复酝酿
岩博村的村支两委多次找到她

余留芬是村里公认的发展能人
有思路、有闯劲、有经商的经验
特别是对群众有朴素深厚的感情
希望余留芬接任村党组书记
岩博村老支书说：
“小妹啊，大家信任你
希望你带领大家像你一样致富
千万别辜负了大家的期望！”

15

当时的岩博村集体经济为零
全村不通水、电
村民住的大多是土瓦房、茅草房
村里到处都是猪屎塘
不仅环境差，而且与世隔绝

16

年轻的余留芬犹豫、彷徨、深思
沉重的压力像大山一样压在她柔弱的肩膀上
面对如此重担，余留芬再三思考

自己既然嫁给了岩博村的人
那就是嫁给了岩博村
岩博村就是自己的家
自己有责任带领大家共同致富

17

她想到了乡领导语重心长的嘱托
她想起了乡亲们殷殷期待的目光
她咬着牙坚定地说：
“要么不干，要么就干好
一定要带领群众换个活法
打破这几十年来无法摆脱的贫困！”

18

这铿锵有力的话语
是年轻的余留芬对岩博村郑重的承诺
是一名基层党支部书记的责任和信念
是一名共产党员的使命和担当
寒冬里，一个共产党员
庄重的承诺，掷地有声
在大山深处久久回荡

第二章

筑路，搬开贫穷的拦路石

刚正不阿是一种美德
宁折不弯是一种气质
勇往直前是一种精神
开拓进取是一种功绩
——题记

1

要想富，先修路
拔掉穷根，关键是修路

2

乌蒙磅礴，山高谷深
岩博村平均海拔 1900 米
平均坡度 50 ～ 60 度
险峻的大山阻隔了人们出行的道路

坚硬的石头碾碎了群众致富的梦想
抬头看看乌云遮盖的天
低头瞧瞧荆棘丛生的路
一条羊肠小道换不来
岩博村千百年来苦盼的幸福大道

3

2001 年初
不满 31 岁的余留芬上任岩博村支书
村里很多人并不看好她
认为一个女人能干出什么事
不少人冷眼旁观
甚至还有人故意给她出难题
当地少数民族村寨中没有女人当村支书的先例
一次村民大会中
几个不服气的村民起哄把大会搅黄了
“给我半年时间
不干出个样子来，我辞职”
余留芬的倔劲儿上来了

4

刚正不阿是一种美德
宁折不弯是一种气质
勇往直前是一种精神
开拓进取是一种功绩

5

面对眼前的困难
余留芬并没有被吓倒
“别人越是这样，自己越要干得好。”
如何拔掉这个山村里的穷根
余留芬说：
“生活在这艰苦的山村里
80% 的老百姓出行困难
走不出去是制约发展的最大阻碍。”
修路对岩博村的村民来说意义重大
盼了几辈人都没能实现
说修路，听起来容易
做起来却是困难重重
修路需要钱

涉及征地、树木、炸药等许多问题

6

要干就要干好
上任后的第 7 天
倔强的余留芬拿出不服输的劲头
决定带领大家修路
首先加强村级班子建设
团结任职多年的老村主任
紧紧依靠民兵连长、村文书
发挥村干部的带头作用
形成村班子带领群众抓发展的合力
打造有力的乡村基层堡垒

7

“就是用双手刨，也要刨出一条通村路。”
余留芬连续三天
白天召开群众会
晚上挨家挨户做思想工作
用自己的亲历躬行

带动村里有文化水平
有奉献精神的年轻人
向党旗聚集，向组织靠拢
打通岩博村走向文明富裕的道路
打响向贫穷宣战的第一枪

8

人心齐，泰山移
新上任的余留芬带领村支委
爬坡上坎，勘测路线，优化方案
占用土地
余留芬带头把自家地给村民
协调外出人员闲置土地调剂
占道树木
动员党员、农户自行砍伐或迁移

9

“人生什么都可以缺，就是不能缺勇气。”
面对一穷二白的局面
余留芬拿出自己辛苦积攒的 4 万元钱

买来钢钎、大锤、洋铲等工具
以个人名义向信用社贷款
向亲戚朋友借钱修路

10

修路现场
余留芬既是指挥员又是战斗员
白天，风餐露宿
余留芬和乡亲们一起在工地上
搬石块、掌钢钎、抡大锤
晚上，满天星光
余留芬又挨家挨户鼓劲加油
发誓要结束祖祖辈辈人背马驮的历史

11

道路，一米一米地延伸
汗水，一颗一颗地滴落
一次险坡施工时
余留芬不慎从 10 多米高的路坎摔下
造成腰椎粉碎性骨折

按医嘱至少需要卧床 3 个月
为了赶进度完成工期
余留芬没有听从医生的嘱咐
38 天后就出院
在村委简陋的办公室搭起一张小床
现场治疗，现场办公

12

乡亲们感动了
大伙儿心疼了
余留芬的精神点燃了岩博村村民的斗志
大家纷纷加入修路大军
手挖锄刨，投工投劳
3 个月就修通了一条 4 米宽、3 公里长的公路
创造了声名大噪的“岩博村速度”
打开了岩博村发展致富的大门
仅仅用一年的时间就完成
几十年来想干又未干成的壮举

13

时隔 18 年后
余留芬依然动容地流着泪说：
“当年为了修路，吃了不少苦啊
每天凌晨就到乡政府背炸药
来回近 20 里的山路
回来还要完成每天的修路方量
腰椎跌断了，没有时间疗养
就躺在村里的小床上处理事务
管不了孩子，让年幼的儿子也跟着受罪
这条路啊
每一段都流淌着我的心血和汗水
也是这条路
让我的人生得到血与泪的洗礼
坚定了我作为共产党员的信念
激发了我带领人民脱贫致富奔小康的决心。”

第三章

带乡亲们换一种活法

等待，等不来出路
苦熬，熬不来希望
靠山山倒，靠墙墙歪
用勤劳的双手掰开荆棘
用坚韧的双脚
勇敢地蹚出一条致富的道路
——题记

1

致富要有道路，更要有思路
路修好了，天堑变通途
群众睁大眼睛看世界
外面的世界很精彩，也很无奈
等待，等不来出路
苦熬，熬不来希望
靠山山倒，靠墙墙歪

用勤劳的双手掰开荆棘
用坚韧的双脚
勇敢地蹚出一条致富的道路

2

要发展，要致富
改变落后的状况
甩掉贫穷的帽子
不能等靠要
余留芬带领群众变苦熬为苦干
她动心思，想办法
先从赎回村里 1480 亩林场入手

3

林场转让价格 23 万元
面对这一天文数字
余留芬没有退缩，迎难而上
党员干部逃避了
群众更没有退路
余留芬和村干部找周边煤矿借钱

一家家地上门、恳求
一家家地希望、失望
一连跑了 12 家煤矿都被拒绝
跑到第 13 家终于筹措到 5 万元
望望家里存折上不多的余额
看看家徒四壁的房屋
咬咬牙，一跺脚
余留芬用自家房屋抵押借钱
但资金缺口仍然很大

4

“赚了是村里的，亏了算我个人的。”
坚持下去，办法总比困难多
看着山里郁郁葱葱的林场
聪明的余留芬想到一个“笨”点子
她组织大家揣着干粮来到林场数树
从早到晚跑了三个山头
才数到林场十分之一的面积
林木的经济价值就远远超过买林场的价格
大家顿时在林间欢呼沸腾起来

5

埋在深山无人识
这绿色的天然宝藏就在大家眼前
余留芬带领群众间伐林木、精心经营
一年就将借款全部还清
村委的账簿上第一次有了现金
挣得了岩博村的第一桶金 8 万元
实现了岩博村历史性的转变
完成了岩博村第一次原始资本的积累
年轻的余留芬用自己的勤劳和才智
赢得了群众的信任和支持
迈出了脱贫致富奔小康的第一步

6

长袖善舞，在探索中驾驭市场
商海弄潮，在失败中总结经验
权衡博弈，在发展中找到规律

7

实业兴村，产业富村
把资源优势转化为产业优势
余留芬敏锐把握市场契机
用林场资源抵押贷款
投资办起了第一个村办企业
林下乌骨鸡养殖场
因不熟悉养殖技术
创收效益差强人意

8

余留芬果断处置养殖场资产
将集体资金入股到民营煤矿
在煤炭市场发展势头向好时
煤矿业主却以增资扩股为由
排挤出了岩博村的集体股份

9

残酷的市场才能锻炼闯滩的本领
汹涌的商海才能练就拼搏的弄潮儿
打铁还得靠自身硬
经过几次创业的摸索
余留芬意识到
岩博村的发展还得靠自己
她瞄准周边废弃煤矸石制砖的商机
动员群众入股
组织人员外出学习培训
引进设备建成了煤矸石砖厂
当年就实现产值 700 余万元
获利 40 余万元

10

随着规模化养殖业的发展
余留芬延长产业链
组织干部及农户入股 980 万
创办了岩博村火腿加工厂
发展野猪养殖、农家火腿加工

实现年加工猪肉 200 吨
年产值 2400 万元
年利润 160 万元

11

余留芬依托优良的林场环境
抓住周边煤矿的发展
带来的人群集散优势
投资创办了藏龙山庄
每年接待客人近万人次
带动群众 10 余人就业
集体每年创收 20 余万元

12

利用山清水秀、多彩彝风
发展旅游，拓宽就业渠道
建设彝人谷旅游项目
村集体征地款全部入股
实现人人在景区搞服务
户户在景区有收入

13

商场如战场
摸清了市场规律
发展致富的思路更加理性清晰

14

通过几年商海创业磨炼
余留芬总结出三条致富经验
着眼于有发展前景的项目
才能实现持续增收
发动群众参与入股
才能充分调动大家的积极性
企业发展要有适度规模
才能具有市场竞争力

15

余留芬带领群众办起了一个又一个产业
集体资产积累实现滚雪球式发展
群众收入不断增加

越来越多的老百姓摘掉了贫穷的帽子
致富的道路越走越宽广

16

回忆起当年创业的历程
余留芬自豪地说：
“重组后的村班子干劲十足
每年都要带领群众干成几件事情。”

17

“她看问题很准
上的项目都很符合市场的需要
胆大心细，敢想敢干。”
村民肖海龙如此评价余留芬
既有称赞又有感激
十几年前，他是村里最贫困的村民之一
如今，他已经用分红的钱买了一辆轿车

18

沉睡已久的岩博村人
在以余留芬为班长的村委带领下
焕发出蓬勃的改革激情
打破了等靠要的思想
树立了自力更生、自我发展的信心

第四章

让“人民小酒”到人民中去

酒的火焰在大山深处燃烧
蒸腾出酒的今生前世
循着光明之路
“人民小酒”在火光中奋力前行
翻越高山，涉过江河
在人民大会堂香飘世界
——题记

1

一支火把擎在手中
照亮了千万年彝族人回家的路
迁徙的旅途因为火光不再黑暗漫长
前方是那永恒的光明之路、朝圣之路
灵魂安详在火焰里
生命之火绵延千万年

2

为了传承彝家人的酿酒文化
岩博村集体投资 80 万元
发动 10 户农户入股 50 万元
按照“小锅煮酒、陶坛发酵”传统酿酒工艺
创办了岩博村小锅酒厂
生产的白酒本地无法消纳
余留芬亲自到盘县红果区推销产品
“只要一个小角落能放酒坛就行
卖不卖得出去没关系。”
烈日下，她推开一家一家餐馆的门
风雨中，她奔波在贵州、云南的路上
烟尘里，闪烁着她执着的信念

3

坚持不懈的努力
过硬的产品质量
换来了商家的尊重和信任
小餐馆柜台上陆续摆上了岩博村的小锅酒
市场的大门一步一步慢慢打开

云南周边县城的消费者更为青睐
各地代理商慕名而来

4

酒厂生产出的大量酒糟
余留芬想到循环发展养殖业
村集体以土地折价入股
组织干部及农户入股 160 万元
招商引资 1800 万元
创办了规范化的特种养殖场
实现年产值 600 万元
年利润 300 余万元
解决群众就业 20 余人

5

“岩博小锅酒，喝了不打头。”
随着市场认知度的扩大
小锅酒逐渐小有名气
酒厂发展势头也欣欣向荣
具备了进一步增产扩能的基础

余留芬开始了新的思考
她把眼光望向山外
望向山外更远的世界
她想把酒厂做大做强，走向全国
用彝族人民祖祖辈辈留传的酿酒方法
创建出岩博村的百年品牌
给子孙后代留一笔宝贵的财富
传承彝族人民 600 年来古法酿酒技艺

6

余留芬为了坚定群众入股的信心
变卖了自己和弟弟盈利的加油站
积极动员干部和群众入股
村集体出资 300 万
抵押贷款 1000 万元让群众认股
酒厂甩开膀子大干快上

7

自古好事多磨，一帆风顺的时候
总有险滩暗礁在前方盘旋

天有不测风云之时
正是劳其筋骨，饿其体肤之际
人在世上磨，百炼才能成钢
没有在深夜痛哭过的人
不足以谈人生

8

当酒厂建设进度过半时
自筹资金用完，贷款还在办理
其他企业的注资也迟迟不到位
企业陷入困境
酒厂建设停摆

9

余留芬望着空荡荡的施工现场
看着裸露的钢筋孤独地伸向天空
感觉整个天快要塌下来了
独自在住处关起门痛哭了 3 小时
万念俱灰，几近崩溃
想着酒厂建设已经投入那么多钱

部分资金还是群众的养老钱、血汗钱
如何向群众交代
如何面对乡亲们一双双渴求的眼睛

10

村里一位老人拉着余留芬说：
“你别哭，不要怕，等你老了
我们一家给你端一碗饭，给你养老。”
想起当年的困境
余留芬抹着眼泪哽咽说：
“自己的钱打了水漂无非是从头再来
这个项目老百姓是入了股的
都是群众的续命钱、救命钱
我不能半途而废
一定要把酒厂建起来。”

11

伤心过、痛哭后
擦干眼泪，挺起胸膛
风雨过后现彩虹

余留芬想起自己的职责、初心
告诉自己一定不要退缩
还有那么多的群众望着自己、依靠自己
余留芬主动出击，想点子、找办法
在各级党委、政府的帮助下
最终引入两家公司注入资金
岩博村酒厂扩建工程顺利完成

12

酒厂投产了，问题又接踵而来
没有专业的人才
酒的品质如何保障
高薪聘请、持股引才
这个偏远的小山村缺乏吸引力
没有专业人才愿到一个村办企业创新立业
人才的缺乏，制约了酒厂前进的步伐
求贤若渴，让企业嗷嗷待哺

13

在参加党的十八大会议期间

余留芬有幸认识
国家酿酒大师、著名白酒专家季克良
贵州省首届酿酒大师黄永光
肩负着全村人民的希望
余留芬大胆地向两位大师
倾诉了岩博村多年来的艰难发展
谦恭地向两位大师求教
精诚所至，金石为开
为她不畏艰难的坚韧
共同富裕的信念
百折不挠的创业精神
带民发展的责任担当所感动
两位大师无偿为酒厂提供技术指导
两位大师真情酿酒，用心培训
岩博酒业拥有了多名专业品酒师
成为岩博酒业发展的中坚力量

14

2013 年，酒厂华丽转型
正式更名为贵州岩博酒业有限公司
成为盘县唯一的村级股份有限公司

2014 年，正式获批生产许可证
现在酒业公司总投资达 4 亿元
生产规模达 5000 吨
党的十九大召开后
岩博酒业出产的“人民小酒”成了“网红”
岩博村得到了全国人民的关注
山里的红杜鹃开得更加鲜艳灿烂

15

幸福的时光总是那么短暂
而鼓舞的力量又是那么恒远

16

2017 年 10 月 19 日上午
习近平总书记来到党的十九大贵州省代表团
同代表们一起审议党的十九大报告
共商决胜全面建成小康社会
夺取新时代中国特色社会主义伟大胜利的大计
习近平总书记的到来
让贵州团代表们欢欣鼓舞

大家踊跃发言
谈对报告的理解认识
讲家乡的发展变化
说基层干部群众的心愿
谈实现美好蓝图的实招

17

脱贫攻坚
始终是习近平总书记最大的牵挂
余留芬告诉习近平总书记
出席党的十七大时
从村里到北京花了 4 天时间
2014 年，六盘水月照机场建成通航
今年又通了高铁
坐高铁到北京只需要八九个小时
坐飞机就更快了

18

习近平总书记向余留芬详细了解
当地通过“联村”带动贫困村脱贫的情况

余留芬告诉总书记
在县乡党委支持下
他们联合两个相邻的贫困村
组建联村党委，携手抱团脱贫致富
村里先后建起养殖场、火腿加工厂
“你们生产的火腿叫什么名啊？”习近平总书记问
“盘县火腿，是与宣威火腿、金华火腿齐名的三大火腿”
“那你们得提高一下知名度，我原来只知道那两种火腿。
今天提到了，也可以宣传宣传。”习近平总书记笑着说

19

习近平总书记对贫困地区发展脱贫产业特别关心
当得知盘州还建有一个酒厂
1012 户村民入股，带动村民脱贫致富
习近平总书记十分高兴，他问：
“你们的酒叫什么酒？”
“岩博酒。”余留芬答
“白酒？多少度？价格怎么样？”习近平总书记继续问
“对，白酒。我们的价格就是老百姓喝的，定位是人民小酒。”
“我是问价格多少？”习近平总书记追问
“我们只卖 99 元。”

“99 元也不便宜了。不在于贵，太贵的酒反而不一定卖得好。”
“谢谢总书记指导，我们一定按您的指示去做。”
“这是市场问题，要按市场来。不能我一说你就按 30 卖了。”
会场上发出了一阵阵会心的笑声

20

“人民小酒”在总书记娓娓道来的家常话里
仿佛春风吹遍祖国的神州大地
“人民小酒”人民爱
“人民小酒”爱人民
从此，这幸福的时光
在余留芬的人生经历中
在岩博村的发展历史上
留下了浓墨重彩、刻骨铭心的一页

21

这一天，藏龙山笑得更翠绿
这一天，淤泥河流得更欢畅
这一天，沸腾了岩博村群众的心扉
这一天，成为岩博村世代流传的感恩日

22

“人民小酒”火了，余留芬出名了
在市场特别红火的情况下
有人建议岩博酒厂可用酒精勾兑
用“特殊”工艺加大产量实现短期暴利
余留芬却坚定地说：
“‘人民小酒’是全体村民的
是总书记亲自关心的
玷污‘人民小酒’
就是玷污岩博村的‘孩子’
就是愧对总书记的恩情
我余留芬就是死也不会这么做。”

23

2018 年 2 月 10 日
岩博村给习近平总书记写了一封信
感谢习近平总书记对岩博村的牵挂
邀请总书记到岩博村来看一看美丽乡村
品一品“人民小酒”
尝一尝盘县火腿

24

中央回信道：
“写给总书记的信收到了
得知村里的白酒、火腿产业日益兴旺
有望带动更多群众脱贫致富
总书记非常高兴
总书记祝乡亲们新春愉快
万事如意
日子越过越红火
生活越来越幸福。”

第五章

村规民约，新农村建设的基石

子欲善而民善矣
君子之德风
小人之德草
草上之风，必偃
——题记

1

良好的民风从小事做起
朴实的教育从身边做起
余留芬走村串户、挨家挨户宣传
倡导做好群众、好婆媳、好子女
引导群众勤劳致富、勤俭持家、尊老爱幼
组织群众篮球比赛、文艺演出、彝族对山歌
淳朴的山歌在大山里回荡
幸福的歌儿在村寨上缭绕

2

余留芬引导群众养成良好的卫生习惯
改变千百年固有的陈规陋习
树立生命健康、绿色环保的现代理念
培养群众形成讲卫生、讲文明的良好风气
形成相互监督、相互引导、相互激励
互帮互学的民风民俗

3

为改善村庄环境
余留芬采取“群众建、集体补”的做法
协调资金对房屋改造进行奖补
改善通村进组串户道路
修建群众文化广场
拓宽群众休闲步道

4

通过党风带民风，民风入人心
人人讲卫生，处处知退让

文明和谐共同致富的信念
深入田间地头
岩博村成为远近闻名的文明村
如今的岩博村，村风和谐
成为风景怡人的美丽村庄
社会主义新农村建设的样板
在岩博村里越发日新月异
社会主义新农村建设大厦的基石
在藏龙山里不断添砖加瓦

5

支部建在连队上
才能保证打胜仗
这是中国共产党纪律严明的基础
余留芬和村党组织深刻认识到
建章立制是持续发展的保证
村规民俗是乡村建设的基石
他们一项一项制度地讨论
一条一条规定地梳理

6

建立联村党组织管理制度
加强区域间社会管理
资源利用、产业发展
经验交流、综合协调
联动管理、资源共享
达到产业兴旺、生态宜居
乡风文明、生活富裕
发挥党组织的战斗堡垒作用
发挥党员的先锋模范作用

7

建立购买服务管理制度
完善购买服务工作管理运行机制
保障购买服务工作规范有序开展
党委领导、岗位管理
公平公正、激励约束

8

建立事务协调管理制度

落实党在农村的各项方针政策

严格遵守国家各项法律法规

遵守党委政府制定的各项规章制度

坚持统一领导、小组化解

综合协商、集中研判

做好联村辖区内事务协调

做好群众矛盾调解工作

9

建立党性体检制度

强化联村党员党性教育

提升党员综合素质

筑牢基层党组织堡垒

保持党员先进性

发挥先锋模范作用

激励争做合格党员

增强党组织凝聚力、向心力和战斗力

强化党员服务意识

增强党员大局意识

10

建立党内激励关怀制度
开展谈心谈话
消除疑虑、理顺情绪
化解矛盾、增进团结
组织走访慰问，党员干部送温暖
献爱心，结对帮扶
扶持就业创业，落实激励保障
定期表彰奖励，重视党员的成长进步
尊重党员主体地位，保障党员民主权利
推进党务公开

11

建立书记谈心谈话制度
改进党员作风建设
了解、掌握党员思想动态
工作情况和生活状况
密切联系群众，加强沟通理解

解决实际问题，激发工作热情
转达组织的关心和问候
了解党员的思想、工作、学习和生活情况
反馈群众评价和社会议论
指出存在的问题和不足
听取党员本人的情况说明
征求党员的意见和建议

12

建立集体经济管理制度
集体经济实行村财乡管
统一标准、独立核算、异村监督
加强对集体经济的管理和监督
实行财务公开、民主理财
各村财务监督委员会
监督异村财务运行
重大事项开支履行民主程序
实行财务公开，接受群众监督
集体土地规划开发利用
认真调查研究，可行性分析
进行绩效比较评估和论证

科学决策，党委表决

13

建立股权管理及利益分配制度
提高资金使用效益
确定入股资金
选择合作经营对象
商议股权比例
探索建立风险准备金
制订集体、农户股权收益内部分配方案
促进集体经济发展和农民增收
在集体、农户和经营主体中建立股份连接机制
集体、农户在经营主体内部享受投资股权
集体股权收益由村集体制订内部收益分配方案
在集体、农户及贫困户中进行合理分配

14

建立文明村寨建设评选制度
杜绝大操大办之风
封建迷信之风、酗酒赌博之风

薄养厚葬之风、家族宗派之风
生活方式科学文明，行为习惯健康向上
深化道德规范教育
强化农村弱势群体帮扶
加强未成年人教育管理
让村寨环境面貌更整洁
让村风民俗更文明
让群众道德素质更提高
让民众生活方式更健康
让百姓精神生活更丰富

15

建立规范酒席办理制度
成立规范三村酒席办理督查小组
明确操办丧葬酒、婚嫁酒原则
禁止操办升学、参军、开门
乔迁、立碑、祝寿、谢师
生小孩、购门面及其他酒席
实行事前申报审批和备案制

16

依法治理，有法可依，有章可循
勤俭节约，禁止大操大办
婚嫁酒礼金 300 元内
丧葬酒礼金 200 元内
国家公职人员、村干部
不得参与违规操办酒席或送礼金

17

建立村规民约
教育群众学法、知法、守法
倡导群众团结友爱、和睦相处
自觉维护社会秩序和公共安全
严禁偷盗、哄抢财物，严禁赌博
不得损坏水利、供电、通信、生产等公共设施
不准隐匿、毁弃、私拆他人邮件
严禁私自砍伐国家、集体或他人的林木
严禁损害他人庄稼、瓜果及其他农作物

18

加强牲畜看管
严禁放养猪、牛、羊
不参与传销、邪教
加强野外用火管理、做到人离火灭
已婚育龄妇女参加孕前优生健康检查
遵守计划生育相关法律、法规及规章
参加“无毒害”家庭创建活动
不请神弄鬼或装神弄鬼，不搞封建迷信活动
不搞宗派活动，反对家族主义
开展文明卫生村建设，搞好公共卫生
夫妻地位平等，共同承担家务劳动
共同管理家庭财产，反对家庭暴力

19

无规矩不成方圆
岩博村的发展离不开好的党风和民风

20

2001年，村党支部就立下了一条规矩
干部一律不准承接建设村里工程项目
就是以制度确保干部廉洁奉公
保证党组织为民服务的公信力
全心全意办好群众的事
看到干部辛苦的工作
看见干部微薄的工资
有热心的煤矿企业
主动提出给予干部补贴费用
余留芬断然拒绝，她说：
“拿了你们的钱
在处理企业和群众的矛盾纠纷时
让我们如何做到公平公正。”

21

廉洁方能聚人
律己方能服人
身正方能带人
务实方能感人

火车跑得快，全靠车头带
淳朴的民风需要引领
严谨的制度更要监督
余留芬夙夜在公，严于律己
在她以身作则的带动下
十余年来，岩博村没有发生一起
贪污挪用和克扣民众资金的案件

第六章

把初心和使命镌刻在大山深处

江河的初心是上善若水
顺势奔涌
荡涤人间的丑陋污垢
大山的初心是高山仰止
威武不屈
坦诚万物的芳华
一名共产党员的初心是
为中国人民谋幸福
为中华民族谋复兴
——题记

1

以班子队伍建设为基础
以交通建设为突破口
以使用科学技术为先导
以产业结构调整为主线

多渠道增加农民收入
村企联动、捆绑攻坚
抱团发展，突出规模效应
在市场的浪潮中屹立不倒

2

“农村富不富，全靠党支部
乡村要振兴，产业是支撑
小康不小康，关键看老乡。”
为统一经营管理
村办企业整合为岩博村生态农业有限责任公司
党委书记余留芬兼任董事长
岩博村办企业累计投资 1.35 亿元
集体持股占 12.79%
干部及群众持股占 37.75%
解决 160 户近 400 人的就业问题

3

岩博村群众富裕起来了
周边的村寨却仍然贴着贫穷落后的标签

为带动邻村共同发展
岩博、苏座、鱼纳和公司组建联村党组织
发动 1012 户村民入股村办企业
争取“特惠贷”1500 万元
帮助苏座村、鱼纳村 842 户村民入股岩博酒业
区域性联动发展的格局初步形成
以普惠股方式动员群众入股酒业公司
共享发展成果
实现共同富裕
抱团发展的目标

4

为解决三个村的饮水安全问题
修建了库容 35 万立方米的岩博水库
调整三个村的产业结构
以平均高于市场的价格
鼓励群众种植高粱
岩博酒厂全部保底收购
三个村的富余劳动力
优先吸收到村办企业务工

5

改革决定企业走向
素质决定企业未来
企业要发展，管理出效益
提高群众素质和劳动技能
是企业持续发展的基石

6

余留芬筹集资金 400 余万元
建起了党员教育培训基地
总建筑面积 1400 余平方米
开展青壮年农技培训 700 余人次
50 余人获得绿色培训证书
转移剩余劳动力 100 余人
提升了群众的劳动技能
为产业多样化发展打下基础

7

通过组织引领和酒厂带动

有效优化了岩博村产业结构
扩大了群众入股范围
增加了群众就业岗位
脱贫致富奔小康的“岩博梦”
在群众的心里孕育
在大山深处成真

8

如今的岩博村实现了完美嬗变
党组织由弱变强
村两委有班子成员 12 名
村党组织有党员 39 名
50 岁以下中青年党员 18 名
党组织真正成为群众的主心骨

9

村办产业由小变大
拥有山庄、养殖场、火腿、酒业公司
全村 75% 的耕地入股到合作社
种植刺梨、玄参、丹参等中药材

农户实现了入股、务工多重收益

10

人才由少变多
现有大中专以上学历 110 人
酿酒专业技术人员 26 人
种养殖人才 50 余人
驾驶技能人才 230 余人
实现了一户一技能

11

群众由穷变富
过去人均年收入不足 800 元
三分之一的群众没有越过温饱线
现在岩博村已全面脱贫
集体资产达 7600 万元
集体经济积累达 610 万元
人均可支配收入达 1.86 万元
家家户户过上了小康生活

12

环境由差变美
过去住的是破旧不堪的土墙茅草房
村寨环境脏乱差
现在村庄规划有序
家家住楼房，户户有轿车
原来岩博村交通闭塞
现在组组通公路
森林覆盖率 71%
成为宜居宜游宜业的美丽乡村
现在的岩博村管理有序
由乱变治，乡风文明
社会和谐。全村上下
感觉恩、颂党情
听党话、跟党走

13

在村办企业的引领带动下
群众的收入芝麻开花节节高
随着集体经济收入的增加

投入资金改善村庄环境
改扩建通村公路
改造全村水电基础设施
在全村统一实施“五改五化”工程
红墙、绿瓦、白屋
新农村建设的雏形开花结果

14

在淤泥乡工作了十多年的黄举回忆说：
“岩博村是全乡发展最快的村
产业如雨后春笋
村庄环境改造干得热火朝天
岩博村的群众全部住上了平房
适龄儿童全部入学
电视全部覆盖
计划生育全面达标
群众有机动车 230 余辆
社会治安发案率为零。”

第七章

党旗，在大山深处高高飘扬

山脊上，一位奋力攀登的前行者
村寨里，一个走村串户忙碌的身影
每一句朴实的问候
都是一枚温暖的种子
每一步坚实的脚印
都是一面鲜红的党旗
在风中猎猎作响
——题记

1

用坦荡的胸怀感染人
用踏实的作风影响人
用深刻的思想启发人
用真诚的态度关心人

2

余留芬和党组织在示范带动中凝聚民心
干部恪尽职守、勤奋工作
不贪不占、公平公正管理协调事务
干部禁止包揽村里工程项目
不准在辖区煤矿兼职领薪
消除了滋生贪污腐败的土壤
树立了党组织的正气和底气
赢得了群众发自内心的信任和支持

3

在岩博村 18 年的创业发展历程中
余留芬始终把带领群众谋发展摆在首位
一刻也不停歇
一件接着一件干
每项产业都组织群众积极参与
充分发挥群众的创造力
让群众通过共同奋斗
实现共同发展、共同富裕

4

余留芬重视教育和宣传
在教育培训中激发民智
第一时间把党的政策和声音传递给群众
组织群众集中培训
外出学习、企业实践
提升了群众的素质和本领
让群众的智慧和才能
得到最大限度的发挥和施展

5

余留芬总是急群众之所急
为民分忧，解决民困
想群众之所想、解群众之所忧
群众想发展，她全力扶持
群众有困难，她全力帮助
余留芬是党的农村政策坚定的执行者
是人民群众心中的及时雨

6

岩博村的发展离不开党建引领、村企合一
余留芬和村党组织统筹资源创办企业
团结带领群众共同修路
牵头赎回林场作为公共资源
创办养殖场、制砖厂、农家山庄
组织干部带头入股
动员群众参与入股
盘活利用公共资源
发展公共事业
壮大村办企业
提高企业资产效益
统筹企业资源，反哺群众

7

余留芬作为联村党委书记和企业董事长
统筹协调三个行政村与企业共同发展
干部带头入股企业成为股东
党组织在企业管理中有决策权和话语权
在企业股份合作、劳动用工方面

优先考虑集体和群众共同受益

8

企业追逐资本最大化的天性与农民之间的矛盾
在于企业与农民没有形成命运和利益的共同体
双方都从各自利益角度考虑和处理问题
余留芬紧紧依靠党组织
以党员为纽带
发挥党员先锋模范带头作用
服从大局，率先垂范
统筹村企资源和谐发展
将企业和群众紧紧联系在一起

9

岩博村的党员普遍具有多重身份
他们既是村干部
又是企业管理层
还是企业大股东
综合协调处理集体、企业、群众关系
统筹考虑各方面利益因素

有效化解各方矛盾
促进团结，形成合力

10

由于岩博村党群连心
形成了无坚不摧的强大合力
基层党组织是引领农村发展的核心
加强农村基层党组织
发挥党组织的核心领导作用
农村经济社会各项事业才能持续健康发展

11

随着产业的发展壮大
人才匮乏的问题也开始凸显
岩博产业要提速发展
就一定要集聚一批优秀人才
余留芬发起“十万高薪引进人才”
“五年培育本土人才”
以“外引内培”的方式
不断壮大岩博的人才队伍

12

为了提高养殖技术水平
从西安引进过一位“鸡博士”
采取师带徒的方式
培养了 30 多名本土人才
在外打工的大学生肖玉龙回村过年
余留芬多次去家中拜访请贤
其真诚让这个 80 后年轻人毅然放弃了外面的事业
心甘情愿地在村里干起了
月薪只有 600 元的村文书

13

岩博村的发展离不开领头雁
一帮致富能人和各方面专业技能人才
头雁引路，引领模范的力量
余留芬是岩博村的第一个致富能人
她于 20 世纪 90 年代初外出经商
回村后经营餐馆、超市、加油站
她勤劳、拼搏、抢抓机遇
成为村里最先富起来的人

她有市场眼光，经商头脑
果断勇毅，敢闯敢干
吃苦耐劳，热心助人

14

余留芬任村党委书记后
找准制约岩博村发展的因素
团结村两委班子
带领群众修路
组织群众创办了一个又一个企业
在修路没资金时主动垫上了自己的积蓄

15

创办企业，她带头入股发动群众参股
遇到困难，她冲在前面积极协调化解
帮助岩博村实现从贫困到富裕的蜕变
群众连续 6 次推选她为岩博村的当家人
大家都说岩博村离不开余留芬
跟着她干，群众有信心

16

栽下梧桐树，引来金凤凰
余留芬带动企业实现良性循环发展
搭建育才、引才、用才的平台
办起党员教育培训基地
聘请农技专家为辅导员
组织群众到外地考察培训
提升群众的生产劳动技能
以股引才，高薪聘才
引进几十名管理型和专业型人才
包括博士和高级职称人才
为岩博酒业夯实了人才基础
培养了酿造和销售的专业人才

17

余留芬能人效应的推动
各类人才的引领带动
岩博村的企业办一个成功一个
企业管理不断规范
生产工艺不断改进

产品质量不断提升
赢得了市场，拓宽了销路
推动岩博村经济在社会的全面发展进步

18

榜样的力量是无穷的
特种养殖场让袁会英学会技术
在余留芬的支持和帮助下
她发展成为养鸡大户
办起了兴农合作社
现存栏蛋鸡 9 万余羽
资产积累达 200 万元
带领 10 余户群众脱贫发展

19

能人带动，榜样引领
先后引进 2 名博士
50 名大学毕业生
15 名返乡创业人才
加入岩博产业发展队伍

培养了 300 多名
“土专家”“田秀才”“技术骨干”
岩博村现有致富带头人 40 余名
带动 125 户经营种养殖业
130 户经营运输业
10 户经营个体酿酒
全村劳动力实现百分百创业就业

20

在余留芬和村党组织的带领下
人才的主观创造力
智慧力量得到充分发挥
余留芬作为村党委书记
岩博村发展的带头人
有深厚的群众感情基础
她，时时处处事事为群众着想
她，具有敏锐的市场眼光
她，带领群众闯市场谋发展
让岩博村发生了翻天覆地的变化
群众从心底信任她
发自肺腑地感激她

21

由于村党组织树立了尊重人才
用好人才的良好导向
凝聚了人心，团结了群众
各类人才守土不离村
从内心里对余留芬
对岩博村的未来充满希望
他们都在自觉自愿
积极主动地施展自己的才能
为故土、为桑梓奉献力量

22

村党组织多年来诚恳邀请
村里老干部、退休教师
德高望重的族长
各行各业回乡的精英
共同参与岩博村管理和事务协调
让乡贤们各尽其能
为促进乡村和谐发挥了积极作用

23

“众人拾柴火焰高”
在岩博村得到了最生动的体现
能人是带动农村发展的保障
余留芬让大家看到了家乡的未来
只要能在农村培育和聚集一批各方面的人才
农村的发展就会大有希望

24

权为民所用
情为民所系
利为民所谋
10 多年来，余留芬奔波的身影
深深地印在岩博村村民的心中
有多少贫困无助的村民
在她的帮助下走出困境
有多少迷茫困惑的群众
在她的无私奉献中
感受到党的温暖
她坚定的信仰
铸成了一面永不褪色的鲜红党旗

第八章

“三变”改革，众心火热

闻有国有家者
不患寡而患不均
不患贫而患不安
——题记

1

农村“三变”改革
发端于贵州省六盘水市
资源变资产，资金变股金，农民变股东

2

资源变资产
村集体将集体土地、林地、水域等自然资源要素
通过入股等方式加以盘活

3

资金变股金
不改变资金的使用性质及用途
将各级财政投入农村的
农业生产发展资金
农业资源及生态保护补助资金
扶贫开发资金
农村基础设施建设资金
支持村集体发展资金
量化为村集体股金投入各类经营主体
村集体和农民（贫困户优先）参与分红

4

农民变股东
农民将个人的资源、资产、资金、技术、技艺等
入股到经营主体
成为股东，参与分红

5

农村“三变”改革
是农村产权制度的一次重大变革
对于破解当前“三农”发展瓶颈
具有“牵一发而动全身”
“一子落而满盘活”的重大效应
是理论创新、实践创新、机制创新

6

余留芬和村党组织深刻认识到
股份合作是岩博村发展的重要基础
是带动群众共同富裕的主要途径
通过股份合作实现联产联营
每一个项目都积极发动群众入股
土地入股、资金入股
贷款入股、技术入股
普惠获股、劳动入股
余留芬多次协调资金以股惠民
实现了岩博、苏座、鱼纳三村全民参股

户均入股达 5 万元

7

群众通过各种形式入股到企业
实现从分散经营到抱团的发展转变
有效降低了市场风险
增强了市场竞争力
提高了市场收益

8

通过股份合作实现联股联心
群众参股到企业结成利益共同体
调动了群众参与发展的积极性和主动性
在酒厂运转困难发不起工资时
员工们对余留芬充满信任地说：
“不要说几个月不发工资
就是几年不发工资
我们也会好好干。”

9

股份合作让人心凝聚
2017 年汛期，水库发生险情
影响酒厂正常生产
党组织发出号召
需要数百名青壮年劳动力上库抢险
岩博、苏座、鱼纳三村的 500 余名群众
第一时间主动赶到水库参加抢险

10

股份合作使大家风险共担
2017 年冬，酒厂遭遇凝冻天气
生产用水的管道全部冻结
没有水，生产面临停工
没有号召，没有动员
酒厂的员工扛着煤气罐
用喷火枪熔烤冻结的管道
把上千米的管道一节节拆下
实在不行的就拆开管道
用手将管道里的冰冻捅开

一段一段地将水管疏通

11

凝冻的道路使车辆不能通行
粮食无法从仓库转运到车间
所有员工自发地手挑肩扛，不畏艰辛
每天人工搬运上万袋高粱
从仓库运到了生产车间
保障了生产所需
天寒地冻，风霜路雪
酒厂人声鼎沸，众心火热

12

股份合作让大家利益共享
酒厂扩大生产
原材料高粱需求猛增
三村的群众一呼百应
纷纷克服困难，改种高粱
保证了酒厂的原料生产

13

通过股份合作实现联业联荣
村集体入股分红，获得收益
投资改善村里的基础设施
关心帮扶村里弱势群体
支持妇助会、文艺队公益事业
开展致富能手、尊老爱幼奖励活动
改善了村庄环境
弘扬了村里的正能量

14

村集体投资收益增加
取之于民，用之于民
100 余万元帮扶贫困户
30 余万元改善基础设施
20 余万元资助贫困学生
把钱用于为民服务办实事
凝聚了人心，温暖了群众
村强民富的岩博村
呈现出欣欣向荣的蓬勃气象

15

股份合作盘活农村各类生产要素
激活农业发展新动能
推动农村生产经营方式
由单打独斗向抱团发展转变
实现产业规模化经营
为农民开通了致富路
架起了致富桥

16

在岩博村的发展历程中
余留芬带领村党组织，团结群众
投入农村“三变”改革的伟大实践
创办乡村企业
用活农村土地产权
发挥农村人口优势
整合利用农村资源
盘活农村闲置资源
变自然资源优势为经济资源优势
主动实现与市场对接

接受市场残酷的磨炼

17

通过先借后还的方式赎回林场
又以林场抵押贷款创办企业
再用企业贷款创办新的企业
实现了资本的从无到有
由小变大的滚动良性循环
立足森林资源发展林下养殖
因地制宜求发展
拓宽产业致富渠道

18

利用废弃煤矸石生产建筑用砖
依托优质水资源发展白酒酿制
结合多彩彝风建设“彝人谷”
民族生态旅游度假项目
实现了产业因地制宜
由弱变强的华丽转身

19

盘活农村产权，用好企业股权
通过创办首个村办企业林下养殖场
余留芬从经营管理中敏锐地发现
要想带动农民发展，增收致富
必须把群众动员起来，变为股东
实现风险共担，利益共享
以产权融合为纽带
培育现代化企业经营管理理念

20

余留芬积极动员群众入股
发挥群众的土地、人力、技术优势
对没有入股能力的群众
采取贷款认股、普惠送股、特殊配股
让群众实现应股尽股，无人不股

21

市场对岩博村的影响令人深刻
村办企业成功的实践和发展
激活了群众的创业热情
市场眼光得以拓展
劳动技能不断提升
个体资本积累叠加

22

群众不再满足于到企业务工
入股到企业分红
纷纷打开思路，着眼市场
发展个体运输，畜禽养殖
经济作物种植，贸易经销
实现传统农民向职业农民的有效转型

23

村企合一是农村发展致富的有效路径
结合实际，办好办活属于自己的产业

入股企业，让群众找到归属感
当家作主，参与企业的决策
完成传统农民向产业工人的转变
摆脱土地对生存的束缚
孕育现代化工业的发展理念
树立“绿水青山就是金山银山
蓝天白云也是生产力”的环保观念
推动农村各项事业的繁荣进步

24

2017 年春节
酒厂办公楼彩旗摇曳，人群簇拥
每个人脸上洋溢着节日的欢笑
酒厂拿出 900 万元利润
给所有群众按股分红
托着手里一沓沓簇新的钞票
群众压抑不住心中的喜悦
敲锣打鼓，联名写信
向总书记、党中央报喜感恩
牢记嘱托、感恩奋进
成为岩博村的主流文化

25

余留芬站在办公室的窗前
看着乡亲们脸上绽开的笑颜
多年来工作的辛劳和委屈
在开怀的笑声中烟消云散
在幸福的泪水里流光溢彩

26

“用心服务群众，群众才会支持你。”
带着梦想出发
余留芬牢记共产党员使命
用实干实绩回报习近平总书记的关心
带领全村人民坚定不移听党话跟党走
在新时代脱贫致富
全面建成小康社会的道路上勇往直前
谱写出更加嘹亮的奋进之歌

第九章

美丽乡村，最美家园

月光缓缓滚过山岗
一个女人心中最美的“岩博梦”
孕育在大山寂静的深处
穿过厂房车间
走过田间地头
漫过乡间小道
影在青瓦白墙
洋溢在幸福灿烂的脸颊上
——题记

1

“岩博好地方，公路绕村边
水泥铺广场，山庄烧鱼鲜。”
这是村民在歌唱自己生活的村庄
青山、碧水、蓝天
岩博村的美丽

流淌在幽静林荫道
呈现在整洁的村庄
绽放在群众幸福的脸上

2

余留芬站在村里高高的山上
在心里描绘出岩博村最美的蓝图
村庄环境、居住条件
山林水体、休闲空间
文化设施、基础设施
全方位规划升级改造建设

3

房屋按照风格统一，特色鲜明
体现盘州市的建筑风格和民族特色
统一规划设计
统一外立面改造
根据不同的建筑结构
展现统一的建筑风格
按照一户一设

一户一方案进行设计施工
房屋外立面风格统一
室内功能完善
布局合理，美观整洁
彰显欣欣向荣的生活状态
体现勤劳朴实的民风民俗

4

房前屋后全面规划改造
庭院小景观与村寨大景观协调统一
以村寨整体规划为蓝图
庭院与房屋相融合
一庭院一特色
地方特色经果和花卉为点缀
构建村寨四季有花、有果
舒适休闲的景观体系

5

村寨之间修筑畅通的交通路网
车辆的停放空间与休闲空间相结合

村寨内部以人行步道为主
户与户之间便捷通达
人行步道与休闲地的绿化相结合
步道融入休闲系统

6

改善村寨卫生环境
根据房屋结构和建筑面积的不同
采取室内室外相结合的方式改造
统一外水冲式厕所标准彰显地方特色
全面纳入村寨污水处理系统
两污分流，人口分布
污水水量，产业布局
污水采用排水管网
雨水采用排水沟
原生态景观湿地统筹布置
分散式留存

7

建立生活垃圾收运处置体系

合理配置垃圾收集点
分布隐藏式垃圾清洁工具
保持干净整洁，不乱放，不外溢
拆除现有凌乱无序的圈舍
集中饲养规范家庭养殖
充分利用拆除空间
规划绿化建设用地
人畜分离，优化环境
完善排污系统

8

根据酒厂厂区规划
绿化树种选择以经果和花卉为主
利用村寨闲置空间
融入村寨景观建设
打造庭院和道路亮化工程
庭院采用庭院灯
道路亮化采用太阳能路灯
外形外观凸显岩博村的特色
村寨中心建设民族文化广场
体现民族特色、产业特点

9

岩博村山色嵯峨，钟灵毓秀
适合发展山地特色旅游
彝族特色休闲旅游
村办企业经济圈旅游
利用岩博村的自然资源
将周边的山林水体纳入村寨建设
融入村寨旅游景观体系
体现和谐优美、情境交融的乡村景观
引导各村参与旅游经营
推出山地特色农产品
商品生产、文化产业
形成“龙头企业 + 产业链 + 产业集群 + 产业基地”
打造配套区域共同发展格局

10

做大做强村办企业
推进岩博酒业优化升级
加快酒业公司“主板”挂牌上市
争取扶持资金，发行商业股票

整合集体经济积累
高标准推进酒业品质的升级提升

11

依托“人民小酒”的广告效应
加快融入全国品牌代理
延长岩博酒业产业链
利用酒糟发展养殖业
畜禽粪便作为有机肥料
发展无公害原生态高粱、刺梨、中草药种植
种植作物作为原材料酿制白酒、刺梨酒
真正实现了生态美
群众富的良性循环

12

推进特种养殖场提质升级
一村多点、联合经营
发展订单养殖业
提供种鸡、回收鸡蛋、统一投放市场
与周边乡镇的养殖场加强合作

扩大养殖场运营规模和辐射带动力
实现合作社和养殖户双赢

13

推进火腿加工厂扩容升级
利用岩博村“盘县火腿”的市场知名度
加快规模化产房建设
加大火腿生产规模
规范原材料进口
畅通火腿销售市场
拓宽群众致富渠道

14

串联复合旅游文化路线
党建文化、酒文化、彝族文化
党建旅、乡村旅、产业旅
实现景区增景、乡村增利、群众增收
打造基层党建经验典型旅游线
做到点上有亮点，线上有特色
展示岩博村丰富多彩的党建文化

15

立足生态山水的自然资源
借助假日休闲度假的旅游需求
打造岩博村乡村游
以绿色生态为特色
体验式山水旅游为导向
推进彝人谷项目建设
民俗体验、生态娱乐、运动休闲、养生度假
融四大功能于一体的乡村旅游

16

依托酒业、特种养殖场生产线
体验岩博村企业的创业历程
结合核桃、刺梨的农业观光路线
挖掘艰苦创业的感人故事和先进事迹
打造学习培训、交流技艺
生产观摩的产业旅游路线

17

做实做大农业产业
对特色产业加大管护力度
各平台公司根据实施的产业面积
按时兑现土地流转、产业管护费用
根据不同坡度、坡位
采用带状种植方式
种植杨梅、枇杷、红叶石楠
桂花、茶花、雪松等常绿树种
提高景观绿化效果
突出产业、景观的明显变化

18

以农村“三变”改革为抓手
动员群众入股村级合作社
实现入社率 100%
坚持以短养长、长短结合的原则
带领群众发展短平快的致富产业
采取反租倒包方式
实施林下套种中药材、蔬菜等产业

促进农户增收

19

“农家楼蓝瓦白墙，小轿车穿梭繁忙
清风里阵阵酒香，党旗下齐奔小康。”
看着眼前翻天覆地的变化
余留芬洋溢着灿烂的笑容
规划着心中的“岩博梦”
创造着和谐幸福的新农村
在社会主义新农村建设的金光大道上
她和全体群众奋力前行
用辛勤劳动的汗水
浇灌出岩博村美好的未来
余留芬信心满满地说：
“到 2020 年
岩博村总产值将达到 20 亿
村集体年收入将达到 2800 万元
村民人均收入将超过 3 万元。”

第十章

岩博酒业，为幸福生活举杯

让酒呼吸着自然的天地精气
让酒在丰收的稻谷上晶莹
让酒在千年的时空里生生不息
让酒诚信豪迈驰骋天地间
让酒在烈焰中焚烧重生
让酒如甘露润泽人间大地
——题记

1

生态，让酒呼吸着自然的天地精气
粮食，让酒在丰收的稻谷上晶莹
优质，让酒在千年的时空里生生不息
良心，让酒诚信豪迈驰骋天地间
创新，让酒在烈焰中焚烧重生
情怀，让酒如甘露润泽人间大地

2

乌蒙山脉的藏龙山
平均海拔 1900 米
山清水秀，群山连绵
森林覆盖率达 80%
属亚热带高原季风气候区
冬无严寒，夏无酷暑，降雨量丰富
为酒业生产提供了优质用水、生态环境
生产车间被大山包围
空气清新，环境优美
气候湿润，林木葱茏，植被茂盛
独特的微生物群
让“人民小酒”卓尔不群的品质
横空而出

3

公司注册资本 1 亿元，总资产 4 亿元
集生态、民族、创新、情怀为一体
生产纯粮固态发酵优质清酱香型“人民小酒”
年生产规模 5000 吨

传承彝家 600 年传统酿造工艺
酿造风味独特的清酱香型白酒
是全国唯一清酱香型白酒企业

4

“人民小酒”采用原生态优质高粱
纯粮固态发酵，自然山泉冷却
木制糖化箱，不锈钢天锅
木制蒸酒甑，工艺独特显著
清亮透明，清酱协调
香气幽雅，醇厚丰满
细腻柔顺，回味悠长
口感柔和，酒体饱满
独特的小锅酿造工艺
入选贵州省非物质文化遗产名录
岩博“人民小酒”33 类商标
“人民小酒”35 类商标
通过了工商总局审核的
商标认证，让岩博酒业插上腾飞的翅膀

5

2019年，“人民小酒”基酒生产4000吨
实现工业产值8亿元
在中国酿酒大师季克良
黄永光教授的倾力相助下
结合彝家传统小锅酿造工艺和现代工艺
研发出全国首创的“清酱香型白酒”
工艺成熟，品质优良
生产量好，出酒率高
余留芬强调说：
“岩博酒业一定要做良心产品
质量就是我们的生命，必须坚守
让每个人都能喝到健康的酒
酿老百姓喝得起的好酒。”

6

规范经营管理、企业管理
建立现代化的企业管理体制
抓紧筹备上市，打造企业品牌
发扬工匠精神

完善清酱香型酒的生产工艺
提升“人民小酒”品质
通过产业扶贫、就业扶贫助力脱贫攻坚
在盘州市和北京设立销售公司
一线销售人员 200 多人
一级经销商 180 余家
分销商 200 多家
一张遍布全国各省、市的营销网络
仿佛蜘蛛网一样
在不断延伸、扩大和充实

7

通过京东物流智能供应链
打造“岩博样本”的社会标杆
稳定持续脱贫走上致富道路
物流布局把配送站点开过去
完善物流通路网络建设
搭建畅达通道
把好产品、好服务更快送进村寨
让“当日达”“次日达”不再遥不可及
把岩博村的好产品运出来

8

智能升级供应链管理数字化
把“人民小酒”品牌做大做强
通过智能供应链
对“人民小酒”线上线下
销售渠道进行库存的整合管理
实现智能制造
更快更好地响应消费者的需求

9

培养供应链人才
实现从“输血”到“造血”
借助于京东的人才、组织和资源优势
对青年村民进行职业和操作技能培训
培养了一批既熟悉电商运营
又懂物流管理的供应链智能管家
会上网、会开店、会管库存做预测
在家门口就能实现创业、就业

10

讲好故事提炼核心价值

用好政策强化信用背书

深挖卖点实现品类突围

群众路线塑造价值品牌

加强产品营销战略部署

生产、销售、市场化转型实现三个转变

全团购模式向市场渠道化转变

市场开发全面向深耕重点区域市场转变

经销商线下销售转为线上线下相结合

公司和经销商共同开发市场转变

11

加大基础设施建设投资

投资 2.25 亿元完成建设

15000 平方米的综合生产厂房

5000 平方米的多功能综合办公楼

8000 平方米的存酒库

9000 平方米的职工宿舍楼

投资 1.2 亿元新建的 3500 平方米的粮仓

1000 多平方米的“人民小酒”非遗文化传习所
日处理 800 吨的污水处理站

12

完善党建文化配套设施建设
注册资本 1 亿，占地 46 亩
成立岩博村党建培训中心
建立党建文化展厅
打造农村基层党员培训基地
力争建成全国党员干部培训学院分校
党建引领，推进酒旅融合发展
以“人民小酒”酒文化体验为核心
挖掘彝族民俗、歌舞、饮食文化元素
按照“产业 + 文旅 + 民俗”的模式
融入党建红色文化
推进酒业和高原乡村旅游共同发展

13

“人民小酒”是“网红酒”
品质和市场渠道建设是第一要素

品牌建设，品质做实
让广大消费者和市场认可
带动更多村民致富奔小康
岩博酒业未来的发展
化总书记的关怀为动力
以十九大精神为引领
以人民的幸福美好生活为目标
立好一个振兴规划
建成一个产业园区
建设一个生态景区
完善一套产业链
建好一个生产基地
打造一个优质品牌
建设一个美丽乡村

14

越是消费者认可，越要把好质量关
把好服务关，做良心食品
真正把“人民小酒”做成人民的幸福酒
以“人民小酒”品牌为基础
打造“产品品牌 + 区域品牌”

提升市场占有率
加强渠道建设
抓好经销商管理
深耕区域性强势样板市场
提升“人民小酒”市场占有率
布局全国市场

15

多业态联动，助力脱贫攻坚
以特色酒生产为主导
带动种植、养殖、食品、旅游
多产业协同发展，多业态联动示范
带动岩博村人民增收致富

16

岩博酒业来自人民，就要回报人民
“人民小酒”诞生的初衷
就是要助力脱贫攻坚
回报家乡人民
发展成果由人民共享

余留芬深情地说：
“使命光荣，责任重大
只有把产品做好，提升品质，
才对得起总书记对我们的厚爱
让老百姓得到更多实惠。”

第十一章

生命是一场最美的邂逅

——一个孩子对母亲说

1

28 年前的那个初夏
一个孩子呱呱坠地，来到这个世界
母亲生下我时，我骨瘦如柴
经过 7 天的努力才睁开眼睛
看到这个美丽的世界
美丽的母亲

2

那时，我的体质很差
像风中一棵脆弱的小草
摇摇晃晃，随时枯萎
很多亲戚都觉得我养不活
母亲看着瘦小羸弱的我
没有犹豫，没有气馁

每个孩子在母亲心里都是一片天

3

由于幼年体弱多病
我多数时间都在医院度过
因为血管细小
无法在手脚上扎针
所以额头被扎得到处都是针眼
后来，母亲抱着我说：
“那时候啊
我时常看着你
眼都不敢眨
生怕一个不小心
你就没了。”

4

为了一家人的温饱
母亲只能把我兜在胸前
把哥哥放进背篓
到陡峭的山间地里打理庄稼

夕阳西下，一天劳动下来
母亲要背很多很重的东西回家
无法一起带上我和哥哥

5

那时，山间毒蛇野兽很多
只能在地上挖个小坑
把幼小的我放在里面
拾取一些树枝荆棘小心盖上
然后抱着哥哥飞快地往家里赶
到家里放下东西
又跑回地里拾开树枝抱我回家
一来一回要好几公里路
那条泥泞崎岖的山路
流淌着母亲一颗颗疲惫的汗珠

6

后来，我长大了
每次到山间打猪草或务农时
我常常在想

这么陡的路
母亲是怎么跑下来的
脚踝被崴了多少次
皮肤被树枝划伤多少回
又是怎样的揪心和纠结

7

不甘心一辈子在山里过着
面朝黄土背朝天的贫苦生活
母亲开始默默琢磨
怎样改变自己和家人的生活
怎么规划孩子们的未来

8

只有初中文化的母亲
拍照片、开餐馆、办超市
风餐露宿、风里雨里
一步一步，慢慢改善了家里的境况
我们家成了村里提前富起来的家庭
因为妈妈开着超市

对我们兄弟俩疼爱有加
我们哥俩口袋里随时都有好吃的零食
身后，总跟着村里半大的孩子

9

母亲热心助人，乐施好善
在村里小有名气
左邻右舍相处融洽
家家户户都愿意找她帮忙
她也乐于效劳
直到 2001 年的冬天
村里的老村长找到她
母亲回来后
在火塘边沉思了很久

10

后来，母亲就成为盘县的第一个女支书
从那以后几年里
母亲不再每天站在家门口等我放学
每天起床只有一碗煮好的面条

热腾腾地放在桌子上
母亲就像从我的世界消失了一般
但她的关怀和慈爱
却仍然无处不在

11

母亲带领村里群众修公路建砖厂
忙得根本没有时间照顾家里
就把我送到隔壁乡的亲戚家读书
自那时起，我每年只能见到母亲两次
在异地他乡
我像一个被遗弃的孩子
变得孤独、自闭、自卑
自然也就成了其他孩子欺负的对象
满心的委屈不知道找谁倾诉
年少叛逆的我一度认为
母亲不再要我，不再关心我
像每一个青春期的孩子一样
我学会了抽烟、打架、追星、逃课
……

12

刻骨铭心的那年
我和哥哥骑摩托车
从陡峭的山路上不慎摔下山崖
我昏死过去，不省人事
哥哥脸部受伤，血流不止

13

母亲正在村子里处理事务
听到消息的她
一边跑一边哭
看到躺在乱石堆
满头鲜血昏迷不醒的我
差点晕了过去
后来母亲告诉我
她从村里跑到山崖下的时候
漫天都是浓雾

14

母亲在心里不停地埋怨自己
如果不忙着处理村务
如果多照顾下家里
如果多一点时间陪在孩子身边
如果，如果……
也不至于出这样的车祸
两个孩子也不会遭遇这么大的磨难
母亲陷入深深的内疚、自责

15

可是我心里明白
那时，母亲肩上的担子
盛满了全村群众的信任和嘱托
母亲的心里
只有大家没有小家
她装着岩博村全体群众的未来和希望

16

后来，我上了高中
和母亲见面的机会就更少了
青春期无限的激情
大山外热闹纷繁的世界
我也就不再去想忙碌于山间村寨的母亲
直到期末考试的一天
作文题目赫然就是《我心中的女支书》

17

那时的母亲
已经是全省劳动模范
当选为党的十七大代表
看到这个题目时，我心里愣住了
竟然不知道如何下笔叙述
荣誉满身的母亲
在大山深处默默耕耘
年少的我对成功的母亲一无所知
像面对沉默坚韧的土地
亲切熟悉而又陌生

18

我努力学习，考上大学，出国留学
以一身才华回报祖国
毕业第一站便投身繁华的上海
经过半年的职场打拼
我从一个风度翩翩的海外学子
变成了一个呆若木鸡的上班族
行尸走肉般徘徊在上下班的地铁、街道
雾霾笼罩的上海的天空
我从未见到过星星

19

就在这样平凡无趣度日的时候
母亲给我打来了电话
第一次告诉我她面临的压力和困难
电话里母亲的声音显得很疲惫
母亲为了村办企业忧心忡忡
公司运营管理缺少专业人才
企业资金运转困难
未来，一片茫然和困惑

20

我毅然踏上回乡的火车
立志要为母亲和岩博村的事业分忧解难
不枉故乡的养育之恩
不负山里孩子吃苦耐劳的秉性

21

到酒厂上班的第一天
因为新厂房还在建设中
母亲给我安排的第一份工作
陪着村里的妇女在破旧的老厂房烤酒
烟熏雾绕，我如坐针毡

22

三个月后
我在综合办公室做了一名文员
因为工作经验不足
每份材料的撰写
每个文件的格式

每个词语的用法
经常被挑剔、批评、责备

23

年轻气盛的我
终于忍不住了

24

我找母亲理论，我还是您儿子吗
好歹我也是个留学生呀
母亲站在我面前，直直地看着我
抬手就给了我一巴掌
我还没反应过来
她的眼里已经盛满了泪水
母亲忍着哭腔对我说：
“你要是做不了
随时都可以离开。”

25

我在酒厂的山路上走啊走
思考着下一步是不是该回到大城市
继续那种曾经拥有的生活状态
麻木、无助、困顿

26

抬头看着这片生我养我的土地
在母亲的带领下竟变得如此美丽
矸石砖厂、休闲山庄、生态农庄
年产 5000 吨的酒厂
平坦的道路，完善的配套设施
我开始慢慢理解母亲的话

27

离开就是逃避
逃避意味着没有责任和担当
没有责任和担当
就不是岩博村孕育和熏陶的

一名顶天立地的男子汉

28

我开始认真规划自己的生活
积极面对生活和工作的挑战
因为公司新三板上市的需求
需要清理公司所有相关的历史资料
那时的岩博村，深处大山
招纳不了人才，留不住人才
为了梳理整理公司所需的档案资料
我一人不辞辛苦
翻箱倒柜查找资料、补材料
整日整夜地加班

29

那几年，是母亲最艰难的时候
每天，在我深夜一两点回住处的时候
母亲房间的灯总是亮着
有时，还能看到她在窗前徘徊的身影
多年来，母亲一直独自一人

为村里的事业默默奉献
却连一处属于自己的房子都没有
一直栖居在村委会的办公接待室里

30

这些年，多少个日日夜夜
她都是这样承受着无限的压力
一个人坚强走过来
母亲常常告诉我
她释放压力的最好方式
就是一个人使劲大哭一场
哭过了，什么都能想开了

31

那时，看着母亲窗前的身影
想着，夜深人静的这个时候
她是否还在一个人默默哭泣
想着，想着
自己也忍不住红了眼眶
……

32

天道酬勤
村里的企业得到了党和国家的关怀和支持
特别在党的十九大后
“人民小酒”更是得到了市场的认同

33

很多时候，有人问我
企业走到今天靠的是什么
看着越来越美丽的岩博村
看到日子越过越好的家乡父老
凝望着天边璀璨的晚霞
我仿佛看到
母亲，这位平凡坚强的女性
她弯腰背着背篓的身影
蹒跚地走在崎岖的山间地里
在夕阳的山脊上留下一幅美丽的剪影

34

她和村里的妇女工人拉着胶管
认真冲洗地上的污垢
她默默坐在窗前
思念远方的儿孙
用眼泪洗去压力和悲伤
她坐在酒厂的门口
笑着给每位群众发钱分红
她站在北京人民大会堂前
成为全国人民瞩目的榜样

35

所有的这一切
母亲都没有告诉我

36

她只是用一名基层干部的职责教育我
全心全意为人民服务
她只是用一名普通党员的信念感染我

人心所向，方能成就一番事业
她只是用一名企业领导的身份告诉我
没有压力，就不会成长
她只是以一名母亲的慈悲胸怀温暖我
奉献和担当是人类优秀的品德

37

我的母亲
一位农村妇女
一名基层党员
一滴饱含苦难的晶莹泪水
一朵开满原野的红杜鹃

第十二章

大山情怀，余留芬芳

热爱山河的人啊
拥有一颗宽广博大的心灵
热爱火焰的人啊
拥有一份兼济天下的情怀
焚烧自己
温暖人间
——题记

1

一颗星辰在黑暗中燃烧起来
吞吐光明的火焰，天神的火种
从斗柄遥遥指向的那颗星辰里
呼啸着奔腾而来，在群山中
拥抱热爱火焰的子民
那一把熊熊燃烧的烈火
铸造了一个火光中涅槃的民族

2

藏龙山麓，淤泥河畔
余留芬，这三个字是一团火焰
温暖着山里山外
群众的心窝
是一股山涧里的清泉
滋润着村里村外
群众的心田
是千锤百炼、采自山中的石灰岩
焚烧自己沸腾人间

3

余留芬，一个平凡的山里女人
慈悲为怀，悲天悯人
将群众的疾苦放在心里
把群众的悲欢写在脸上
和群众同呼吸共命运
把人民的利益永远放在第一
胸中有大爱，肩上有担当，脚下有行动
村里村外，群众热泪盈眶

纷纷称赞她是党的好干部
是老百姓心中的“活菩萨”

4

余留芬宅心仁厚，急公好义
彭贤芝丈夫遭遇车祸，瘫痪卧床
花费了巨额医疗费用
两个幼小孩子还在读书
她多次帮助协调医疗费用
解决家庭生活困难
资助帮补两个孩子的学费
协调各方公正处理
保证了合理赔偿
一个濒临崩溃的家庭
没有因祸因病返穷
日子一天天好起来了

5

贫困户杜财先脑溢血瘫痪
余留芬经常上门送米、送油

帮助他找项目、寻产业、引资金
解决生产生活中存在的困难
无偿提供酒糟支持发展养殖产业

6

肖本义直肠癌深夜大出血
余留芬立即叫上儿子开私家车
连夜送往昆明医院
恳求医生优先安排检查
第一时间送到手术室抢救
在她整夜不辞辛苦的张罗下
肖本义终于脱离了生命危险
挽救了一条活生生的生命

7

肖本正检查出胃癌
余留芬陪着他连夜坐火车到昆明医院
忙上忙下联系医生，安排检查
垫付了 2 万元的医疗费
及时救治，成功康复

后来，肖本正成了村里的养牛大户致富能手
带领群众发展肉牛养殖

8

崔晓英是天津嫁到岩博村的外地媳妇
在余留芬的感染带动下
成为了一名光荣的中国共产党员
余留芬四处奔波帮她贷款买车跑运输
用自己的钱帮助她偿还贷款
鼓励崔晓英创办养殖场
后来，崔晓英成为岩博村的养殖大户
一家人过上了幸福的生活

9

青年工人姚超从小跟着父亲学习酿酒
在制酒调酒方面有很深的造诣
余留芬求贤若渴
数次找到姚超
现在的他已成为酒厂的技术骨干

10

肖若在外面打零工
过着居无定所的生活
余留芬晓之以理，动之以情
安排他和酒厂的几个年轻人外出学习培训
提升酿造工艺技能
现在的肖若凭借自己的努力
获得国家一级酿酒师资格
担负着“人民小酒”出厂的质量重责
掌控着产品的质量流程

11

2015 年到 2016 年期间
岩博酒厂最困难的时候
长达半年没有发放工资
酒厂职工没有任何怨言
依旧按时上下，勤勉生产
职工宋会琴拉着余留芬的手说：
“不要说三个月不发工资
就算一年不发工资

我也要跟着村党组织干
跟着你们干有盼头。”

12

村民许胜利在外创业失败
回到家后一贫如洗，负债累累
连孩子上学的费用都无法维持
余留芬借给他 5 万多元
资助其孩子完成了学业
帮助他搞起了养殖产业
开办起岩博村春雨山庄

13

村民许学忠患有残疾
生活困难，无法致富
余留芬每到节假日
都给他送去衣服和生活用品

14

村民彭回香丈夫瘫痪，儿子又去世
生活非常困难
余留芬给了她 2000 元
协调上级贫困补助
帮助她盖了一栋房子

15

2013 年，火车上
一个脚上有伤的年轻人刘现福
因车祸没有钱医治
孤独无助地走向回家的路
天然的母性和善良让余留芬放下矜持
放下素不相识的隔阂
掏出钱鼓励年轻的他不要放弃治疗
不久，万念俱灰的刘现福告诉余留芬
自己的脚废了，活不了多久了
接到电话的余留芬伤心地哭了
那么年轻的小伙子，那么年轻的生命
乐善好施的余留芬马上联系医院

垫付了近十万元的医疗费
及时的手术医治，保住了刘现福的腿
“如果没有余阿姨
我的腿早就溃烂了，甚至命都没有了。”
28 岁的刘现福哭着说
将来，他也要像余阿姨一样
帮助天下需要帮助的人

16

一个个鲜活的感人事例
在岩博、在淤泥、在盘县
传扬、感动、孕育
春华秋实二十载，共筑小康赢民心
从青丝到华发，沧桑的是容颜
凝结的是记忆，不变的是余留芬
对大山一如既往的深厚情怀
对岩博群众矢志不渝的为民初心

17

大国有大梦，时代正芬芳

岩博村的村民逢人便说
余留芬是他们的好支书
有困难的地方就有她的身影
要帮助的时候就有她的出现
她始终想百姓之所想
急百姓之所急
真心实意为百姓解难事、做好事
是人民群众真正的贴心人

18

90 多年共产党砥砺前行
70 多年祖国风雨兼程
余留芬见证了祖国的盛世繁华
心灵上得到了再一次的洗礼
心里萌发了无穷力量
她带领村民实现了脱贫的光荣梦想
脱贫攻坚的伟大征程任重道远
她心无旁骛，追梦前行
具体落实乡村振兴
创建美丽新岩博

19

余留芬时时把村民装在心里，担起自己的责任
始终不忘初心，牢记嘱托，勇担使命
从传统的扶贫转型为村民自食其力的脱贫
形成了以岩博酒业为核心的强大经济产业链条
真正实现农民创收增收梦、生活致富梦
她将“人民小酒”继续做大做强
打造品牌形象，造福更多百姓
将苦干实干、拼搏进取的精神传承下去
用自己的双手创造幸福的生活
奋斗在新时代、生活在新时代
高扬农村党组织的旗帜
坚定不移听党话、跟党走
坚守初心，勇担使命
在脱贫攻坚的路上
留下共产党员战天斗地的身影

20

余留芬和岩博村的乡亲们意气风发
踏上更大的梦想征程

在脱贫致富奔小康的道路
不掉队，不落下一个人
她让中国共产党的旗帜更加高扬
她让一名共产党员的形象更加崇高
让百姓生活幸福美满
打造“山美水美环境美
人美画美心灵美”的新农村
奏响人民美好幸福生活的乐章